# L'heure de la sortie

Tome 2

*Scénario*
**Adeline Blondieau**

*Dessins & couleurs*
**Bernard Swysen**

BAMBOO ÉDITION

*Pour mon fils Aïtor qui attend toujours l'heure de la sortie avec impatience !*

*Adeline*

*Pour ma petite femme Sophie qui connaît si bien la sortie des écoles...*

*Bernard*

www.bamboo.fr


116, rue des Jonchères - BP 3
71012 CHARNAY-LÈS-MÂCON cedex
Tél. : 03 85 34 99 09 - Fax : 03 85 34 47 55
Site Web : www.bamboo.fr
E-mail : bamboo@bamboo.fr



PREMIÈRE ÉDITION
Dépôt légal : août 2009
ISBN 978-2-35078-703-9

Imprimé en France
Printed in France by PPO Graphic

## LES PREMIERS JOURS

ON A POSITIVÉ UN MAXIMUM... ON LUI A EXPLIQUÉ À QUEL POINT ELLE AVAIT BESOIN DE SE SOCIABILISER. ELLE EST PRÊTE.
J'AI JOUÉ LA CARTE LOOK HYPER SCOLAIRE, MAIS BRANCHÉ. ET J'AI PAS LÉSINÉ.
HUM, DÉGUISÉE EN PREMIER JOUR D'ÉCOLE !
AU REVOIR, CHÉRIE !
VOUS PARTEZ ?
L'ÉCOLE, C'EST POUR LES ENFANTS !
MAIS LES GRANDES LÀ, POURQUOI ELLES RESTENT ?
CE SONT LES MAÎTRESSES !
ET À 16 HEURES...
REGARDE LA TÊTE DES "PREMIERS JOURS" !
JE N'EN MENAIS PAS LARGE NON PLUS TU SAIS. JE CROIS QUE J'ANGOISSAIS PLUS QUE MON FILS.
VOUS PENSEZ QU'IL PEUT LEUR ARRIVER QUELQUE CHOSE EN CLASSE ?
ILS SONT BIEN SURVEILLÉS À LA RÉCRÉ ?
QUELQU'UN VEILLE SUR EUX À LA CANTINE ? LE MIEN, IL FAUT ENCORE L'AIDER.
JE N'AI JAMAIS ÉTÉ SÉPARÉE DE MA FILLE AUSSI LONGTEMPS !
MOI, C'EST MON QUATRIÈME, MAIS À CHAQUE FOIS...
LES VOILÀ !
45

ALORS MA CHÉRIE, C'ÉTAIT BIEN L'ÉCOLE ?
SUPER ! J'ADORE !
IL Y AVAIT PLEIN D'ENFANTS... ON A JOUÉ... ON S'EST ENNUYÉS AUSSI.
HA, TU T'ES EMBÊTÉE ?
VOUI ! ENTRE LES RÉCRÉS !
!
BLABLA... MAÎTRESSE... BLABLA... CANTINE... BLABLA... GARÇONS SONT BÊTES... BLABLA...
BLABLABLABLABLABLABLABLABL
NORMAL ! ELLE A BESOIN D'EXTÉRIORISER LA QUANTITÉ D'INFORMATIONS QU'ELLE A REÇUE AUJOURD'HUI DANS UN NOUVEAU MILIEU... BLABLA... DEGRÉ DE CONFIANCE QU'ELLE NOUS FAIT... BLABLA
AU LIT, OUF ! SES BAVARDAGES ME SOÛLENT.
HUM... QUELS BAVARDAGES ?
LE LENDEMAIN...
POURQUOI TU ME RÉVEILLES ?!?
MAIS ON VA À L'ÉCOLE, CHÉRIE.
!
MAIS J'Y AI DÉJÀ ÉTÉ HIER. TROUVE AUTRE CHOSE À FAIRE !

**FIN** SWYSEN - BLONDIEAU

# RÉUNION DES PARENTS

CE SOIR
Réunion des Parents
17H30
DÉSOLÉ DU RETARD !
CE N'EST RIEN ! CONTINUONS !
JE DISAIS DONC : ILS DEVRONT LIRE UN LIVRE PAR MOIS ET ...
HEIN ? QUOI ? DÉJÀ ?
?
!?
NOUS VERRONS LES 4 OPÉRATIONS AVEC DÉCIMALES.
ELLE EST FOLLE !
POUR L'ANGLAIS, ON ENTAMERA LES CONVERSATIONS ...
COMMENT ÇA ? DIRECTEMENT ?
MAIS ...
BIO
HISTOIRE
RACINE CARRÉE
GÉO
GRAMMAIRE
FRACTIONS
C'EST UNE ÉCOLE POUR PETITS GÉNIES ?!?
HA ! TE VOILÀ ENFIN ! OÙ ÉTAIS-TU PASSÉE ?!? T'AURAIS DÛ ENTENDRE TOUT CE QU'ILS VONT DEVOIR FAIRE ! TU CROIS QUE LAURENT S'EN SORTIRA ?
À MON AVIS, OUI ! C'EST MOI QUI LE CONDUIRAI À L'ÉCOLE ET JE NE ME TROMPERAI PAS DE CLASSE, MOI !
47

SWYSEN - BLONDIEAU

## LE GOÛTER

C'EST PAS GRAVE, TU GOÛTERAS À LA MAISON !
MAIS J'AI FAIM !
BAH, VICTOR VA PARTAGER AVEC LUI !
!
TA MÈRE, ELLE A DIT DE PARTAGER !
C'EST MON GOÛTER ! J'EN FAIS CE QUE JE VEUX !
JE VAIS LE DIRE !
VAS-Y ! REGARDE !
BAFR MIAM BOUF !
HA C'EST BIEN, VOUS VOUS ÊTES PARTAGÉ LE GOÛTER !
HEIN ?!
TU EN AS PLEIN LA FIGURE ! TU AS DIS MERCI AU MOINS ?
BHEU
J'ESPÈRE QUE LE MIEN SERA AUSSI BIEN ÉLEVÉ QUE CE PETIT BONHOMME !
PAS TRÈS BIEN ÉLEVÉ CE GOSSE ! PAS UN MERCI !
48

SWYSEN - BLONDIEAU

## LA QUESTION

ZÉRO COLLECTIF EN SCIENCES NATURELLES ?
ILS ONT RACONTÉ N'IMPORTE QUOI !
LE CHOU EST COMESTIBLE, MAIS ATTENTION AVANT DE LE MANGER QU'IL N'Y AIT PAS DE BÉBÉ GARÇON DEDANS !
ARTHUR, QUI T'A RACONTÉ ÇA ?
C'EST PAS MA FILLE QUI DIRAIT UNE BÊTISE PAREILLE.
NON, ELLE EN DIT D'AUTRES !
C'EST PAS DANS LES PLANTES QU'ILS NAISSENT LES BÉBÉS ! C'EST LES CIGOGNES QUI LES APPORTENT !
LES FILLES NAISSENT DANS LES ROSES !
NON, FAUT METTRE UNE GRAINE DANS LE NOMBRIL DE LA MAMAN !
BEN MOI, JE VOULAIS UN PETIT FRÈRE ET J'AI EU UN CHIEN !
HEU, TU SAIS MON CHÉRI, À MOI TU PEUX POSER TOUTES LES QUESTIONS QUE TU VEUX !
C'EST QUOI UNE ÉRECTION ?
49

MAIS MAMOU ! C'EST QUOI UNE ÉRECTIOOON ?!?
CHUUUUT... JE VAIS T'EXPLIQUER...
HEU... C'EST QUAND UN HOMME... ENFIN UN GARÇON EST TRÈS... HEU... CONTENT PARCE QU'IL VOIT... HEU... UN TRUC QUI LUI PLAÎT BEAUCOUP ET... IL DIT..."JE SUIS EN ÉRECTION"!
VOILÀ ...
HUM
QUELQUE CHOSE À RAJOUTER ?!
J'AI COMPRIS!
AÏTOR, REMETS ÇA OÙ TU L'AS TROUVÉ !
ouii
MAIS J'ADORE CE JEU, M'MAN !
T'AS VU LE PRIX ?!
MAIS JE L'AIME TELLEMENT QUE J'AI UNE ÉRECTION!
21 E
21 F
per MA KET
Super M RKET

FIN SWYSEN - BLONDIEAU

## MYTHOLOGIE

ET POUR TERMINER LA JOURNÉE EN DOUCEUR, NOUS ALLONS ÉCOUTER LE PREMIER EXPOSÉ SUR UNE CRÉATURE IMAGINAIRE !
Aujourd
Les mons
VAS-Y GÉRALDINE, PARLE-NOUS DU MONSTRE QUE TU AS INVENTÉ !
VOUI !
J'AI CHOISI CE MONSTRE CAR C'EST UN MONSTRE FEMELLE, ET ÇA C'EST RARE ! ELLE EST PIRE QU'UN DRAGON !
ELLE S'APPELLE BRET BRETELLE ET ELLE EXISTE VRAIMENT.
ELLE PEUT VIVRE TRÈS VIEILLE. Y EN A MÊME QUI DISENT QU'ELLE NOUS ENTERRERA TOUS, LA VIEILLE CARNE !
ELLE SE NOURRIT EN MANGEANT LES NERFS DES AUTRES HUMAINS, ET...
UNE ENFANT FACILE, MAIS TU AURAIS DÛ L'ENTENDRE ! ET SES DESSINS... HORRIBLES ! ELLE NE VA PAS BIEN, C'EST SÛR !
PARLES-EN À SES PARENTS ! PEUT-ÊTRE QU'ILS TRAVERSENT UNE PASSE DIFFICILE.
QUELLE IMAGINATION
AFFREUX !
GÉNIAL !
BLAA
Hi! Hi!
GÉRALDINE... HEU... QUAND TA MAMAN SERA LÀ, J'AIMERAIS LUI PARLER.
C'EST MA MAMY QUI VIENT. HA, BEN... LA VOILÀ !
OUI ?
!
51

SWYSEN - BLONDIEAU

EMBOUTEILLAGE

TU ÉCOUTES BIEN TA MAÎTRESSE !
OUI, MAMAN !
NE TE BOURRE PAS DE PAIN À LA CANTINE !
OUI, MAMAN !
NE TE BATS PAS !
OUI MAMAN !
FAIS BIEN ATTENTION À ÉCRIRE PROPREMENT !
OUI, MAMAN !
TU TE SOUVIENS DE LA DICTÉE ?
OUI, MAMAN !
LAVE-TOI BIEN LES MAINS APRÈS LES TOILETTES !
OUI, MAMAN !
TU AS TON GOÛTER ?
OUI, MAMAN !
PWĀ
TŪŪT !
TUUT
PWÀ
TŪŪT
École des
53

SWYSEN-BLONDIEAU

VITE CHÉRI ! JE SUIS MAL GARÉE !
BHOUHOUHOU...
LE... LE SALAUD! SNIF !
COUCOU EVA ! MAMAN, TU SAIS QUOI ? Y A UNE FILLE DANS LA CLASSE ...
ELLE A LES YEUX COMME ÇA !
...IL... IL M'AVAIT PROMIS... BHOUHOU...
AVEC CE GENRE DE MECS, C'ÉTAIT PRÉVISIBLE.
M'MAN ! T'AS ENTENDU ?
CHÉRI, TU VOIS PAS QUE JE PARLE AVEC EVA ?!
MAIS POURQUOIII SES YEUX SONT COMME ÇA, MAMAAN ?
LE SALAUD ! SS...
S...S... SALAUD ! !!
HÉ BIEN JE SUPPOSE QUE SA MAMAN A DÛ TROP SERRER SA QUEUE DE CHEVAL !
MAINTENANT, LAISSE-NOUS !
LE LENDEMAIN...
IL LUI A TIRÉ LES CHEVEUX, ARRACHÉ SA COUETTE...
ENFIN... POURQUOI ?
MAIS C'EST TOI QUI M'AS DIT QUE SA MAMAN AVAIT TROP SERRÉ LES ÉLASTIQUES !
?
!
52

SWYSEN - BLONDIEAU

## LE DERNIER BAISER

PASSE UNE BONNE JOURNÉE, MON CHÉRI !
MHEU !
HEU M'MAN, CHUIS GRAND MAINTENANT. ALORS LES BISOUS...
SURTOUT DEVANT LES AUTRES !
HA HEU... OUI MON CHÉRI... JE COMPRENDS. PAS DE SOUCI ! VA ! FILE REJOINDRE TES POTES !
JE SAIS CE QUE C'EST. MON GRAND M'A FAIT LE COUP IL Y A DEUX ANS !
HA? ET MAINTENANT, ÇA VA MIEUX ?
NON, C'EST PIRE ! JE DOIS LE DÉPOSER AU COIN DE LA RUE. LA HONTE QU'ON LE VOIE AVEC SA MÈRE...
J'AI MÊME PAS LE DROIT DE DESCENDRE DE LA VOITURE !
QUELLE INGRATITUDE !
AVEC TOUT CE QU'ON FAIT POUR EUX !
MAMAN ? OUI... JE VOULAIS M'EXCUSER DU JOUR OÙ JE T'AI DIT DE NE PLUS M'EMBRASSER DEVANT L'ÉCOLE !
OUI, JE VAIS BIEN.
POURQUOI ?
54

SWYSEN - BLONDIEAU

EXPRESSIONS

COMMENT ?! TOUS PUNIS ?
OUI, ILS DOIVENT CHACUN M'APPORTER UNE LISTE DE 5 EXPRESSIONS CONVENABLES !
CONVENABLES ?
LA LEÇON DE CE MATIN EST PARTIE EN CACAHOUÈTES !
NOUS ALLONS PARLER DES EXPRESSIONS QUI UTILISENT DES NOMS D'ANIMAUX. COMME "IL FAIT UN FROID DE CANARD" OU "HEUREUX COMME UN POISSON DANS L'EAU" !
MANGER COMME UN COCHON !
DORMIR COMME UN LOIR !
FIER COMME UN PAON !
DES LARMES DE CROCODILE !
NU COMME UN VER !
DES FOURMIS DANS LES JAMBES
TA SOEUR EST UNE PEAU DE VACHE !
TA TANTE EST POILUE COMME UN SINGE !
MON PÈRE EST CHAUD COMME UN LAPIN !
SILENCE !!!
...ET ENCORE : "UNE VIEILLE BIQUE COMME BELLE-MÈRE" !
TIENS, ÇA DOIT VENIR DE MON FILS...
..."MONTÉ COMME UN ÂNE"...
HA ! ÇA, C'EST MON FILS !
NON, ÇA C'EST LA PETITE SWYSEN !
ALORS, IL Y AVAIT AUSSI "CHAUD COMME UN LAPIN"...
ÇA C'EST DE MOI, PAPA ! MAMAN DIT TOUJOURS ÇA !
HEU... C'EST QUI DÉJÀ LE PÈRE DE L'ÂNE ?
?
55

SWYSEN - BLONDIEAU

PAS ENVIE !

VOILÀ ! ON Y EST !
NAON ! VEUX PAS ! VEUX PAAS !
HA NON, TU VAS PAS ME FAIRE LE MÊME CIRQUE TOUS LES JOURS ?!?
MAIS LES ENFANTS SONT MÉCHANTS AVEC MOI !
TU N'AS QU'À PARLER AVEC EUX !
NON ! ILS ME FONT PEUR ! ILS SONT ÉPOUVANTABLES ! MÊME LES PLUS PETITS !
PARLES-EN AVEC LES MAÎTRESSES !
ELLES COMPRENNENT RIEN, LES MAÎTRESSES !
ET LA CONSEILLÈRE D'ÉDUCATION ?
C'EST PIRE ! ELLE ME DÉTESTE ! ET PUIS LA CANTINE EST MAUVAISE ET... HO NON ! C'EST PAS POSSIBLE !!! TÉLÉPHONE POUR DIRE QUE JE SUIS MALADE !
TROIS FOIS EN UN MOIS ! TU CONNAIS LE RÈGLEMENT !
M'EN FOUS DU RÈGLEMENT !
MAIS ENFIN ... C'EST TOI QUI L'AS RÉDIGÉ !
TU ES QUAND MÊME LA DIRECTRICE DE CETTE ÉCOLE !
56

SWYSEN - BLONDIEAU

## LE RÉPONDEUR

CRÎÎ
CRÎÎÎ
CRÎÎ
TOC
TOC
MADAME LA DIRECTRICE, LE NOUVEAU RÉPONDEUR EST ARRIVÉ.
IL NE MANQUE PLUS QUE VOUS FASSIEZ LE MESSAGE POUR LE METTRE EN SERVICE.
VOUS ÊTES SUR LE RÉPONDEUR TÉLÉPHONIQUE DE L'ÉCOLE DES CAPUCINES. MAIS C'EST VOUS QUI AVEZ INSCRIT VOTRE REJETON LÀ, ALORS...
NING
SI VOUS N'AIMEZ PAS LA MAÎTRESSE DE VOTRE ENFANT, FAITES LE 1 !
SI VOUS VOULEZ FAIRE RENVOYER L'UN DES PETITS CAMARADES DE VOTRE ENFANT, FAITES LE 2 !
SI VOUS TROUVEZ QUE LA CANTINE EST TROP CHÈRE ET EN PLUS N'EST PAS BONNE, FAITES LE 3 ! SI VOUS TROUVEZ QUE LES ENFANTS ONT TROP DE DEVOIRS, FAITES LE 4 ! SI VOUS TROUVEZ LES HORAIRES SCOLAIRES PEU PRATIQUES, FAITES LE 5 !
École des CAPUCINES
LE 6 ! SI VOUS PENSEZ COMME MOI QUE LA DIRECTRICE A BESOIN DE VACANCES
ALORS CHÉRIE, TA JOURNÉE ?
CHOISIS UN CHIFFRE DE 1 À 6 !

SWYSEN - BLONDIEAU

## GARDE ALTERNÉE

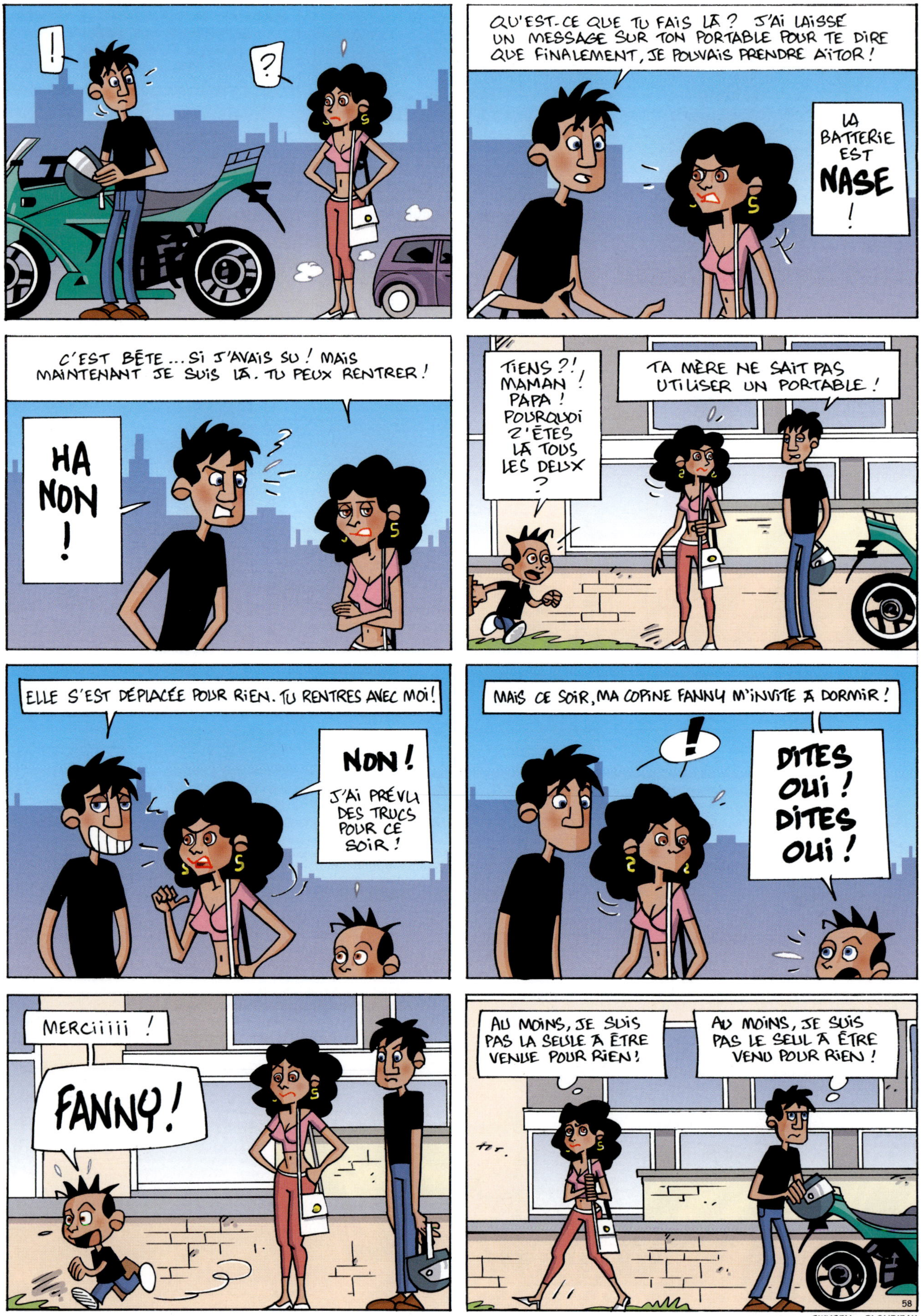

!
?
QU'EST-CE QUE TU FAIS LÀ ? J'AI LAISSÉ UN MESSAGE SUR TON PORTABLE POUR TE DIRE QUE FINALEMENT, JE POUVAIS PRENDRE AÏTOR !
LA BATTERIE EST NASE !
C'EST BÊTE... SI J'AVAIS SU ! MAIS MAINTENANT JE SUIS LÀ. TU PEUX RENTRER !
HA NON !
TIENS ?! MAMAN ! PAPA ! POURQUOI Z'ÊTES LÀ TOUS LES DEUX ?
TA MÈRE NE SAIT PAS UTILISER UN PORTABLE !
ELLE S'EST DÉPLACÉE POUR RIEN. TU RENTRES AVEC MOI !
NON ! J'AI PRÉVU DES TRUCS POUR CE SOIR !
MAIS CE SOIR, MA COPINE FANNY M'INVITE À DORMIR !
!
DITES OUI ! DITES OUI !
MERCIIIII !
FANNY !
AU MOINS, JE SUIS PAS LA SEULE À ÊTRE VENUE POUR RIEN !
AU MOINS, JE SUIS PAS LE SEUL À ÊTRE VENU POUR RIEN !
58

SWYSEN – BLONDIEAU

# TOUT S'EXPLIQUE!

MAIS COMMENT FAIS-TU TON COMPTE POUR AMOCHER TES VÊTEMENTS COMME ÇA ?
LE MIEN C'EST PAREIL !
CRR
FAUT LES USER JUSTE SUR LES CÔTÉS. ON COURT PLUS VITE ALORS !
GRAAT FROT
HA OUI, ILS COUPENT BIEN TES CISEAUX !
CLIP
CLIP
PRON!
FLÛTE ! JE CROIS QUE J'AI PLUS D'ENCRE !
ET D'ABORD TOI, POURQUOI T'AS PLUS DE SLIP ?!
IL MANQUAIT UN FOULARD POUR JOUER À LA CHANDELLE !
BEN VOILÀ ! SUFFISAIT DE DEMANDER !
LES GRANDS MYSTÈRES ENFIN ÉLUCIDÉS !
59

SWYSEN - BLONDIEAU

## OÙ L'HERBE EST PLUS VERTE

TON DOUDOU?! MAIS JE NE SAIS PAS OÙ IL EST, TON DOUDOU !
RETROUVER UN DOUDOU ET N'AVOIR QUE ÇA COMME SOUCI EXISTENTIEL ! QUEL BONHEUR !
AVOIR AUTRE CHOSE QUE LA RECHERCHE D'UN DOUDOU COMME BUT DANS LA VIE... LE PIED !
IL EST LÀ, SON DOUDOU !
HA ! TU VOIS !
HO MERCI !
HO NOON ! DU CHOCO SUR MON PRADAA !
VRAIMENT DÉSOLÉE !
CE N'EST RIEN... VRAIMENT... HEU.. TOUTE LA GRANDE FAMILLE VA BIEN ?
ON FAIT ALLER !
ET TOI, TOUJOURS LES JOIES DU CÉLIBAT ?
BAH, PAS ÉVIDENT DE TROUVER L'ÂME SŒUR !
JE VAIS DEVOIR RENONCER À MES RÊVES DE FAMILLE NOMBREUSE.
MOI PARFOIS, JE T'ENVIE !

HA OUI ? QU'EST-CE QUI TE FAIT PENSER ÇA ?
PORN FLAKES
MODE Bout
OUI, CE SOIR AU COCKTAIL CALBANO ! CIAO !
HA NON ! C'EST PAS DU TOUT ÇA !
TSSSTTSSSTT
06:00
DOSSIER A 18
URGENT
RON

DOSSIER M8
SLURP
TROP TRAVAIL ici ! PAS ASSEZ ARGENT !
KRAPET
TÜÜT
DOSSIER SCOLAIRE
PONEY CLUB
INSCRIPTION
ORTHO
MESDEMOISELLES, MESSIEURS, VOS SEPT MINUTES SONT ÉCOULÉES. VEUILLEZ TOUS CHANGER DE TABLES ET DE PARTENAIRES !
Désolé suis dans ton lit. des monstres sous le mien
EN PLUS, Y A LA PÉDOPSY, PARCE QU'AVEC SON PÈRE...
MAIS QUAND IL EST CHEZ SON PAPA, TU AS DU TEMPS POUR TOI, NON ?
ET PUIS IL VA M'EMMENER AU CINÉ ! PUIS SA COPINE, ELLE EST TROP SYMPA, ET...
C'EST ÇA... C'EST ÇA...
TÜÜT

MAIS TU SAIS, SI UN JOUR, JE PEUX TE RENDRE SERVICE, N'HÉSITE PAS !
ÇA NE ME FAIT PAS PEUR DE GARDER TROIS ENFANTS EN PLUS DU MIEN !
4 !
MAIS JE CROIS QUE TU NE SAIS PAS À QUOI ÇA RESSEMBLE !
J'ARRIVE !!!
BROLOBR
J'AR-RI-VE !!
J'ARRIVEUU !
OUIIN
J'ARRIVE !!!!
HO, MAIS TU SAIS BIEN QUE JE DÉTESTE LE VEAU !
J'AIME PAAS LES ÉPINARDS !
OUIIN
63

RON
RON
OUAiiS
HA, LES ENFANTS...
JEAN-LOUIS, TU ES TOUT DÉBRAILLÉ !
!
MAMAN !
ALEX, SURVEILLE TA PETITE SOEUR !
ATTENDS CHÉRIE !
J'AI PLEIN DE DEVOIRS !
TU DOIS SIGNER !
MAIS PAS MAINTENANT ! TU VOIS PAS QUE...
EN TOUT CAS MERCI POUR TA PROPOSITION !
CIAO CIAO !
J'AIME BIEN AVEC TA TACHE DE CHOCOLAT, MAMAN. T'ES RIGOLOTE COMME ÇA !
MERCI CHÉRI, ÇA FAIT LONGTEMPS QU'ON NE ME L'AVAIT PAS DIT !
CE QUI M'A PLU CHEZ VOUS, C'EST QU'ON A LE MÊME IDÉAL DE VIE... UNE FAMILLE NOMBREUSE AVEC AU MOINS 3 OU 4 ENFANTS, ET...
HEU... J'AI CHANGÉ D'AVIS !
?
64

FIN SWYSEN - BLONDIEAU

SURPRISE !

YOUZ YOUUZ !
HO NON, PAS CETTE BARBE !
QUEL PLAISIR DE VOUS VOIR, VOUS AVEZ L'AIR EN PLEINE FORME... SI ! SI ! POURTANT, TROIS, CE N'EST PAS FACILE... HEUREUSEMENT, IL Y A L'ÉCOLE ! HI ! HI ! ET PATATI ET PATATA...
QUE DIRIEZ-VOUS D'UN PETIT CAFÉ EN TERRASSE, QU'ON AIT LE TEMPS DE DISCUTER ?!
HEU... JE... J'AI UN RENDEZ-VOUS.
PAS GRAVE ! CE N'EST QUE PARTIE REMISE ! BYE !
OUF !
16 H.
QUEL TEMPS RAAADIEUX !
AÏE !
JE VAIS AU PARC AVEC LA PETITE, VOUS NOUS...
HEU NON... ON VA CHEZ LE PÉDIATRE.
ON VA CHEZ LE PÉDIATRE ? MAIS...
NON, NON ! C'EST UN MENSONGE PARFOIS, IL FAUT... HEU...
C'EST PAS BIEN MAIS JE PRÉFÈRE ÇA AU DOCTEUR !
JE DEVAIS VRAIMENT T'ACCOMPAGNER ?
C'EST UN CLIENT IMPORTANT !
BIENVENUE, ENTREZ !
JE VAIS VOUS PRÉSENTER MA FEMME, LES ÉPOUSES POURRONT BAVARDER !
LE MONDE EST PETIIIIIIT !
65

SWYSEN - BLONDIEAU

# LE PIQUE-NIQUE

WHAHÉ ! SNOOPY SUR TA CULOTTE ! T'AS VU ?
OUI CHÉRI, J'AI VU !
TROP COOL !
DÉPÊCHE-TOI !
C'EST VRAIMENT GENTIL DE NOUS ACCOMPAGNER POUR CE PIQUE-NIQUE !
PAS DE SOUCI. SI VOUS AVEZ BESOIN DE MOI POUR AUTRE CHOSE, JE PEUX M'ARRANGER !
MOI J'AI LA ROBE "HELLO KITY" !
ET MOI LE TEE-SHIRT "PUCA" !
MOI J'AI LE PARAPLUIE WITCH !
CHUT, IL Y A UN GARÇON QUI ÉCOUTE !
MOI, MA MERE, ELLE A UNE PETITE CULOTTE SNOOPY !
FIER !
!?
VOUS AVEZ VRAIMENT UN DON AVEC LES ENFANTS !
VOUS AVEZ VU COMMENT ILS VOUS REGARDENT ?!?
?

SWYSEN - BLONDIEAU

## HALLOWEEN

ALORS, VOUS L'AVEZ DÉGUISÉ COMMENT CETTE ANNÉE ?
MOI, J'AI FAIT UNE VERSION GORE DE "LA PETITE MAISON DANS LA PRAIRIE" !
MA FILLE ÉTAIT CHEZ SA MÈRE HIER. DONC, POUR MOI, CE SERA LA SURPRISE !
VOUS LA RECONNAITRIEZ ?
SI JAMAIS CE N'ÉTAIT PAS LE CAS, ON ME PARDONNERAIT. JE SUIS UN HOMME APRÈS TOUT !
J'ALLAIS LE DIRE.
VOILÀ LES MONSTRES !
HÉ BEN TOI, ON T'A PAS LOUPÉE, MA CHÉRIE ! QU'EST-CE QUE T'ES MOCHE !
BEN C'EST FAIT EXPRÈS POUR HALLOWEEN !
OUAiiS
ÇA ME RAPPELLE QUELQUE CHOSE, CE PERSONNAGE... MAIS QUOI ?
BONJOUR CYNTHIA !
HO PUNAISE ! TU ES JOLIE COMME UN PETIT COEUR AUJOURD'HUI ! C'EST QUOI CETTE TENUE MA POUPETTE ?
MAMAN APPELLE ÇA LA CAGOLE D'HALLOWEEN
?
!

SWYSEN - BLONDIEAU

# TATOO

HÉ BIEN MADEMOISELLE FANNY, ON DESSINE SUR LA FEUILLE ! PAS SUR LE VISAGE !
C'EST PAS MOI, C'EST MON VOISIN !
L'HOMME INVISIBLE ? FAIRE UNE BÊTISE, ÇA ARRIVE ET C'EST PAS GRAVE. MAIS MENTIR...
ET COMMENT VOUS POUVEZ SAVOIR SI JE MENS ?
PARCE QUE C'EST ÉCRIT SUR TON FRONT !
C'EST VRAI ?
VOILÀ ! J'AI TOUT BARRÉ ! ON VOIT PLUS RIEN !!!
?!
J'ESPÈRE QUE ÇA PART À L'EAU !
MAIS QU'EST-CE QUI T'A PRIS, FANNY ?
HÉ BEN, LUI AUSSI C'EST UN GROS SALE MENTEUR ! C'EST ÉCRIT PARTOUT !
!

SWYSEN - BLONDIEAU

PETITE BÊTISE

COMMENT ? ENCORE PUNIS ?!?
...ET UNE SOLIDE PUNITION ENCORE BIEN !
QU'AVEZ-VOUS ENCORE FAIT ?
IL DIT QU'ILS ONT JETÉ DU CARTON DANS LA FONTAINE !
QUOI ? CETTE BÊTISE ?
PAS BIEN GRAVE !
VOUS ÊTES TROP SÉVÈRE !
JE PROTESTE !
ON A TOUS FAIT ÇA !
...
C'EST INVRAISEMBLABLE !
JE VEUX VOIR LA DIRECTRICE !
ET CE PAUVRE PETIT, LÀ, SES PARENTS NE SONT MÊME PAS LÀ POUR LE PROTÉGER ! TU T'APPELLES ?
ALEX MADAME !
BONJOUR MONSIEUR DUCARTON !
PAPA ! TU SAIS CE QU'ILS M'ONT FAIT ?
KILL
69

SWYSEN - BLONDIEAU

## FRINGUES

IL FAIT BEAU ! ON N'EMMÈNERAIT PAS LES ENFANTS AU PARC ?
MOI, JE DOIS FAIRE DU SHOPPING AVEC AITOR. IL A ENCORE FAIT UNE POUSSÉE DE CROISSANCE. PLUS RIEN NE LUI VA !
TU VAS CHEZ QUI ? J'AI VU DES TRUCS TOP CHEZ RIKO !
JE PENSAIS JUSTEMENT Y ALLER POUR LUI FAIRE UN LOOK DE...
PERMETTEZ !
À L'AGE DE TON FILS, TU NE PEUX PLUS LE DÉGUISER EN CE PETIT GARÇON QUE TU IDÉALISES.
HEU... MAIS...
IL EST LUI-MÊME ET IL EST ASSEZ GRAND POUR FAIRE SES CHOIX ET LAISSER SA PERSONNALITÉ...
HEU OUI... MERCI... MAIS MON FILS ET MOI AVONS LES MÊMES GOÛTS, ALORS...
BLA BLA PSY
RIKO
PROMOTION
12€45
17€43
ON A DÛ ME LE CHANGER À LA CLINIQUE ! C'EST PAS LE MIEN !
L'AIDER À EXPRIMER SA PERSONNALITÉ... ET MOI ? QUI VA M'AIDER À ASSUMER CETTE PERSONNALITÉ ?
70

SWYSEN - BLONDIEAU

# DEBOUT !

DEBOUT LES FILLES !
HEIN ? QUOI ? DÉJÀ ?
!
ON VA VOIR MAMAN ?
...ET LA NOUVELLE PETITE SOEUR, À LA CLINIQUE ?
ON VA À L'ÉCOLE DÉPÊCHONS !
ON N'A PAAS ÉCOLE !
MAIS OUI BIEN SÛR !
MAMAN M'AVAIT PRÉVENU QUE VOUS TENTERIEZ DE ME FAIRE DES BLAGUES ! BIEN ESSAYÉ !
MAIS PAPAA !
BON, LES PLUS COURTES SONT LES MEILLEURES !
SUPER ! ÇA ROULE BIEN AUJOURD'HUI !
QUAND MAMAN VA SAVOIR ÇA !
COMMENT ÇA, PAS ÉCOLE ?!
BEN, VOUS SAVEZ, LE DIMANCHE...
71

SWYSEN - BLONDIEAU

LES POUX

DES POUX !?! MON DIEU ! QUELLE HORREUR !
JE CONNAIS UN PRODUIT MIRACLE !
TOUT LE MONDE EN A !
SÛREMENT PAS MA FILLE ! C'EST UNE QUESTION D'HYGIÈNE !
OUIIIHUHUU... NOTRE PREMIER DÎNER EN TÊTE-À-TÊTE... IL DIT QUE JE L'IMPRESSIONNE ! HUHU !
HIIII ! UN POU !!!
COMMENT ? MAIS C'EST IMPOSSIBLE ! JE NE SUIS PLUS UNE ENFANT !
VOTRE FILLE AUSSI !
COMME TOUTE LA CLASSE !
ET TU VAS FAIRE QUOI, MAMAN ?
CESSE DE ME CHERCHER DES POUX... HEU...
UN SMS À STÉPHANE : " DÎNER DE CE SOIR ANNULÉ... DOSSIER HYPER URGENT À RENDRE DEMAIN MATIN... DÉSOLÉE ! "
TU SORS PAS ? SUPER !
CES SALES BESTIOLES ONT RUINÉ MON DÎNER !

BAH ; À MON AVIS, IL S'EN FICHE DES POUX ! IL EST CHAUVE !
VA VOIR À CÔTÉ SI J'Y SUIS !
DRING
?
ALLÔÔ HA, STÉPHANE !
NON, MAMAN ELLE A DES POUX COMME MOI ! FAUT QU'ON SE TRAITE, C'EST POUR ÇA QU'ELLE VEUT PAS TE VOIR... OUI... SALUT !
C'ÉTAIT STÉPHANE !
J'ADORE QUAND ON FAIT DES TRUCS À DEUX !
MOI AUSSI MA CHÉRIE !
MÊME SI ÇA ME COÛTE UN FIANCÉ !
UN SMS ! SÛREMENT STÉPHANE !
CETTE HISTOIRE DE POUX TE REND PLUS HUMAINE, MOINS INACCESSIBLE. ET ME FAIT CRAQUER. LOVE. STEPHANE.
FIN
SWYSEN - BLONDIEAU

LES BOTTINES

C'EST TRÈS EMBARRASSANT... HEU...
?
J'AI UN TOUT PETIT PEU DE RIEN DU TOUT SANS FAIRE EXPRÈS ABÎMÉ LES BOTTINES DE VOTRE FILLE.
HA ?
LÉGÈREMENT !
BAH !
AUJOURD'HUI, JE REMPLACE MADEMOISELLE MARIE-FLEUR QUI A LA GRIPPE. ALORS JE COMPTE SUR VOUS POUR ÊTRE BIEN SAGES !
DRIIING
OUF !
LES ENFANTS, METTEZ VOS BOTTES ! IL A PLU !
DIS, MADAME LA DIRECTRICE, VOUS M'AIDEZ S'IL TE PLAIT ?!?
MGMF
GNII
OUF ! ON A RÉUSSI ! ENFIN !
ELLES SONT À L'ENVERS !
C'EST PAS GRAVE ! ÇA SE VOIT À PEINE !
OUI, MAIS ÇA FAIT MAL !
RHAA

F... FATIGUÉE !
BON ! ON LES REMET À L'ENDROIT !
LÈVE TES PIEDS !
YOUP !
RHAA... VOILÀ ! TU AS TES BOTTINES !
C'EST PAS LES MIENNES !
M... MAIS ?!? POURQUOI TU M'AS PAS DIT ÇA AVANT ?!?
CE SONT CELLES DE MA SOEUR, MAMAN M'A DIT DE LES METTRE !
BON, VA JOUER À PRÉSENT ! ET N'OUBLIE PAS TES GANTS, IL FAIT FROID !
JE LES AI RANGÉS DANS MES BOTTINES !
!
75

FIN SWYSEN–BLONDIEAU

## BULLETIN DE NOTES

JE SUIS CURIEUSE DE VOIR LE BULLETIN DE NOTES !
ET MOI DONC !
YESSS ! 10 EN GÉO !
4 POUR L'EXPOSÉ SUR LE JAPON ? MAIS...
QUOI ? 3 EN MATH ? J'Y AI BOSSÉ TOUT LE WEEK-END !
ENFIN ?!
BULLETIN
BULLETIN
ZÉRO EN DICTÉE ! JE ME SUIS POURRI LES DERNIÈRES VACANCES À FAIRE CES FOUTUES DICTÉES TOUS LES JOURS !
9 EN POÉSIE ! LÀ, J'AI BIEN BOSSÉ !
MADEMOISELLE, LE TRAVAIL SUR LE JAPON... COMMENT...
3 EN MATH ! ALORS QUE JE SUIS INFORMATICIENNE !
BULLETIN
ET CE ZÉRO EN DICTÉE...
ET CE 5 EN GYM ! MON MARI FAIT SON JOGGING TOUS LES MATINS !
HEIN ?
EN PLUS...
HA, VOUS ÊTES INSTIT ? ET ILS ONT QUELLES TRANCHES D'ÂGE, LES ENFANTS ?
LA TRENTAINE !
76
SWYSEN-BLONDIEAU

## LA MAÎTRESSE

LA MAÎTRESSE M'A ENCORE CONVOQUÉE. ARTHUR EST INSUPPORTABLE. TU VEUX PAS Y ALLER POUR UNE FOIS ? C'EST SANS CESSE MOI QUI M'Y COLLE !
LA MAÎTRESSE ? LAQUELLE ? TOUJOURS LA MÊME ?!?
BONJOUR CHERS PARENTS. JE M'APPELLE MARIE-FLEUR ET ...
MARIE-FLEUR... J'ÉTAIS PAS ENCORE MARIÉ ... ET ON A EU UNE AVENTURE IL Y A ... HOOO MON DIEU !
WHAA ! HA ! T'AS EU LA MAÎTRESSE COMME MAÎTRESSE !?!
TU AS RAISON ! IL EST TEMPS QUE JE M'INVESTISSE DANS LA SCOLARITÉ DE MON FILS ! J'IRAI À CE SATANÉ RENDEZ-VOUS !
TU ES UN PÈRE FORMIDABLE. ET UN MARI ATTENTIONNÉ !
JE DEVRAIS FAIRE LA SORTIE DE L'ÉCOLE PLUS SOUVENT, MOI !
BLABLABLA... INFERNAL... PATATI ET PATATA...
FRANCHEMENT, TU TE SOUVIENS PAS DE MOI ? ON A EU ...
COMMENT J'AURAIS PU OUBLIER UN CONNARD PAREIL ?! POUR LA TRANQUILLITÉ DE LA SCOLARITÉ DE TON FILS : LÂCHE-MOI !
ALORS ?
BAH ! UNE VIRAGO TROP AUTORITAIRE ! ARTHUR A RAISON DE NE PAS SE LAISSER FAIRE.

SWYSEN–BLONDIEAU

## LES BONNES COPINES

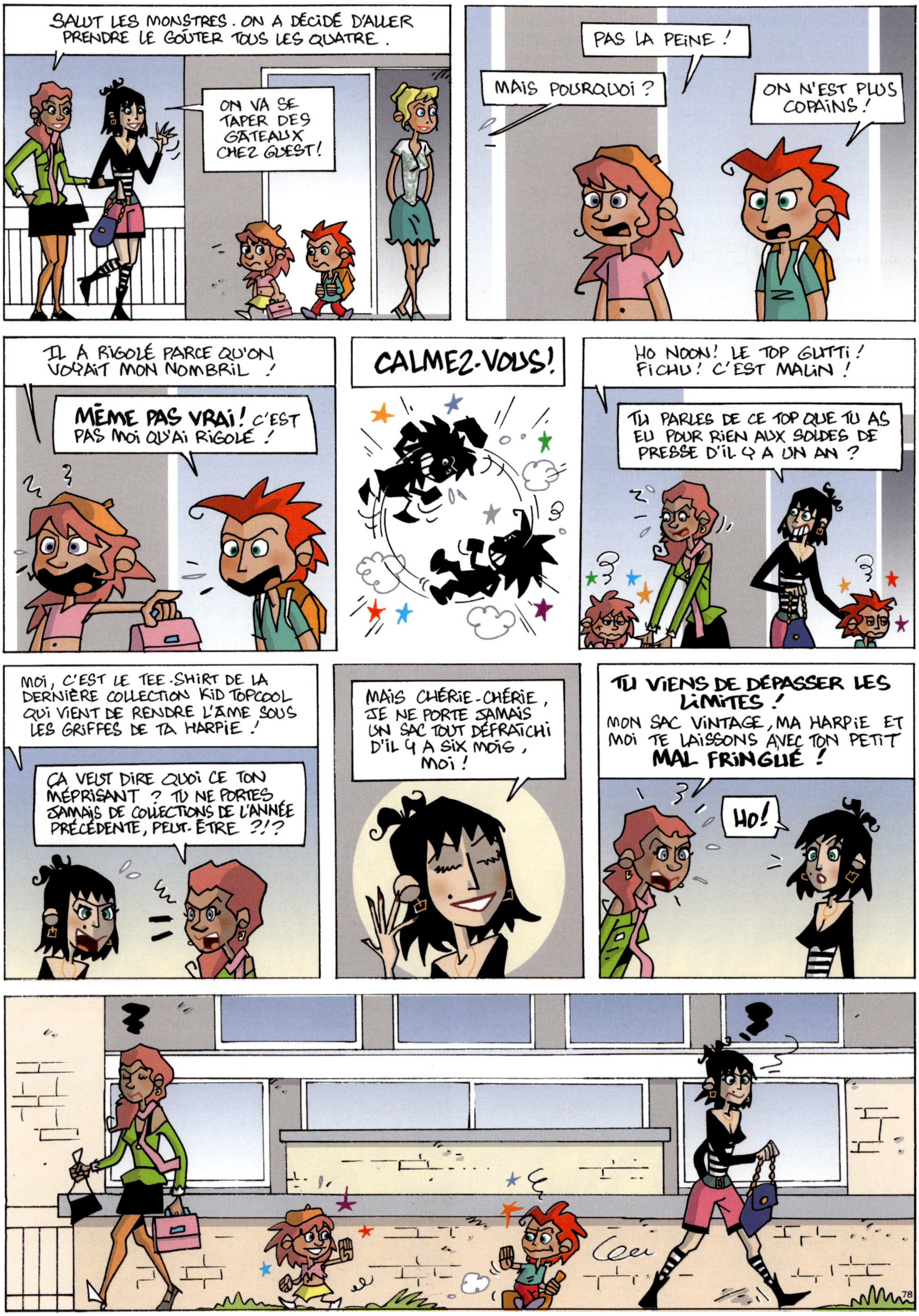

SALUT LES MONSTRES. ON A DÉCIDÉ D'ALLER PRENDRE LE GOÛTER TOUS LES QUATRE.
ON VA SE TAPER DES GÂTEAUX CHEZ GUEST !
PAS LA PEINE !
MAIS POURQUOI ?
ON N'EST PLUS COPAINS !
IL A RIGOLÉ PARCE QU'ON VOYAIT MON NOMBRIL !
MÊME PAS VRAI ! C'EST PAS MOI QU'AI RIGOLÉ !
CALMEZ-VOUS !
HO NOON ! LE TOP GUTTI ! FICHU ! C'EST MALIN !
TU PARLES DE CE TOP QUE TU AS EU POUR RIEN AUX SOLDES DE PRESSE D'IL Y A UN AN ?
MOI, C'EST LE TEE-SHIRT DE LA DERNIÈRE COLLECTION KID TOPCOOL QUI VIENT DE RENDRE L'ÂME SOUS LES GRIFFES DE TA HARPIE !
ÇA VEUT DIRE QUOI CE TON MÉPRISANT ? TU NE PORTES JAMAIS DE COLLECTIONS DE L'ANNÉE PRÉCÉDENTE, PEUT-ÊTRE ?!?
MAIS CHÉRIE-CHÉRIE, JE NE PORTE JAMAIS UN SAC TOUT DÉFRAÎCHI D'IL Y A SIX MOIS, MOI !
TU VIENS DE DÉPASSER LES LIMITES ! MON SAC VINTAGE, MA HARPIE ET MOI TE LAISSONS AVEC TON PETIT MAL FRINGUÉ !
HO !

MAMAN, JE PEUX ALLER CHEZ MARCUS ?
NON, CE N'EST PAS POSSIBLE.
MAMAN, JE PEUX ALLER CHEZ SHARON ?
ON NE SE PARLE PLUS. TU LE SAIS BIEN.
C'EST PARCE QU'ELLE A DIT À SHARON QUE TU AVAIS LA BOUCHE REFAITE QUE TU NE VEUX PLUS LUI PARLER ?
UN INSTANT !
ALORS COMME ÇA, J'AI LA BOUCHE REFAITE ?!?
PARFAITEMENT ! ET JE LE SAIS DE SOURCE SÛRE !
C'EST LE MÉDECIN QUI M'A FAIT MON BOTOX QUI ME L'A DIT !
TU AS FAIT DU BOTOX SANS ME LE DIRE ?
CHÉRIE. CHÉRIE ! C'EST FOOORMIDABLE ! JE PEUX REGARDER LE SOLEIL SANS FERMER LES YEUX !
IL EST TROP FORT CE MÉDECIN ! JE VAIS Y ALLER AUSSI !
JE T'ACCOMPAGNE, SI TU VEUX !
?
AU FAIT, J'AI REÇU LE CARTON POUR LES SOLDES DE PRESSE TITOU & LILOU !
J'ADOORE ! ON Y VA ?
79
FIN SWYSEN-BLONDIEAU

LA POUPÉE

ÇA VA, CHÉRI ?
TOI, TU AS LA TÊTE D'UN PETIT GARÇON QUI A UN TRUC À DEMANDER MAIS QUI N'OSE PAS.
TU VAS TE FÂCHER !
UNE MAMAN PEUT TOUT ENTENDRE MON TRÉSOR !
TU TE FÂCHERAS PAS ? SÛRE !
FAIS-MOI CONFIANCE !
JE VOUDRAIS TROP AVOIR UNE POUPÉE !
COMME CELLE DES FILLES À L'ÉCOLE, AVEC DES CHEVEUX VIOLETS !
TU VOIS, TU FAIS UNE TÊTE BIZARRE ! J'EN ÉTAIS SÛR !
HEU... NON, NON CHÉRI... PAS DU TOUT...
ET... HUM... JE VAIS Y RÉFLÉCHIR. OK ?
MON... SOB... FILS... M'A DEMANDÉ UNE POUPÉÉÉÉE !
BOUHOU
?
80

QUE VA-T-IL DEVENIR ? C'EST GRAVE ?
ABSOLUMENT PAS, C'EST TOUT À FAIT NORMAL. C'EST NOTRE SOCIÉTÉ QUI OBLIGE LES ENFANTS À NE JOUER QU'AVEC LES JOUETS QU'ELLE ESTIME APPARTENIR À UN SEXE !
TON FILS EST TRÈS COURAGEUX D'OSER TE DEMANDER UNE POUPÉE. IL A CONFIANCE EN TOI.
C'EST VRAI ?
IL FAUT L'AIDER À ALLER JUSQU'AU BOUT DE CE DÉSIR POUR NE PAS LE FRUSTRER.
BLABLA
JE VEUX LA "WIZZ", CELLE AVEC LES CHEVEUX VIOLETS ET SA PETITE LUCIOLE QUI S'ALLUME !
ON VA MANGER UNE GLACE ?
NON ! ON RENTRE ! JE VEUX JOUER AVEC MA POUPÉE !
HA HAA ! SORCIÈRE !
TU VAS MOURIR DANS D'ATROCES SOUFFRANCES !
ARTHUR
ET TA LUCIOLE, ON VA LA BOUFFER !
?

FIN SWYSEN-BLONDIEAU

## VIVE LE SPORT !

CAPUCINES
ALORS LES FILLES, ON PARLE DE KILOS EN TROP ?
ELLE SE CROIT MALIGNE AVEC SA TROTTINETTE, À SON ÂGE...
ELLE M'ÉNERVE !
EN TOUT CAS, C'EST VRAI QU'ELLE N'A PAS DE PROBLÈME DE POIDS !
SALUT LES NANAS ! TOUJOURS PAS DE SPORT ?
VENIR CHERCHER SON FILS EN PATINS À PRÉSENT !
ELLE M'ÉNERVE TOUJOURS !
ÇA DOIT FAIRE DE BELLES FESSES, NON ?!?
École des CAPUCINES
'TENTION LES FILLES !
DU SKATE ! ON AURA TOUT VU !
ELLE EST PAS SI BIEN FAITE QUE ÇA, FINALEMENT !
...MAIS AUJOURD'HUI, JE LA TROUVE PLUS SYMPA QUE D'HABITUDE !
82

SWYSEN-BLONDIEAU

ENVIES

SOUPIR
TOI, TU AS ENCORE TON HORLOGE BIOLOGIQUE QUI TE TITILLE ! MOI, J'AI LE TRUC POUR CALMER MES ENVIES DE MATERNITÉ : JE REGARDE MES ÉLÈVES.
?
POURQUOI ELLE DIT ÇA ? LES ENFANTS SONT SI PURS !
Aujourd'hui :
Dessin
SLPSS
TCHAA
SCRONCH
SPLIT
CHOMP
BOUF
BAFFR
IL MARCHE BIEN TON TRUC. TU DEVRAIS LE FAIRE BREVETER.
SWYSEN-BLONDIEAU

## PELUCHES

TOUT VA BIEN À L'ECOLE, JUNIOR ? LA MAITRESSE NE DOIT PAS ME VOIR ?!
DVD PROMO
BEN NON ! POURQUOI ?
?
HEU... J'AIMERAIS BEAUCOUP ÊTRE CONVOQUÉ... HEU... J'AI UNE IDÉE ! TU VEUX BIEN AIDER TON PAPA ?!?
DVD PROMO
AH, D'ACCORD !
?
DEPUIS 8 JOURS, VOTRE FILS ARRIVE EN CLASSE AVEC D'ÉNORMES PELUCHES QU'IL PRÉTEND ÊTRE DES OBJETS "TRANSISTORS".
TRANSITIONNELS !
OUI, EN CE MOMENT, JE RENCONTRE DES DIFFICULTÉS AVEC GONZAGUE JUNIOR... PÈRE SEUL... ÉLEVER UN ENFANT... HOMME CÉLIBATAIRE ... BLABLA... PAS FACILE ... LIBRE ... COEUR SOLITAIRE ... BLABLA...
ET VOUS NE SUPPORTEZ PAS DORMIR SEUL !
VOILÀ !
84
SWYSEN-BLONDIEAU

LA ZYVA

BONJOUR MADAME, JE VOULAIS VOUS RENCONTRER POUR VOUS PARLER DE VOTRE FILS. UN SOUCI EN FRANÇAIS !
C'EST QUOI LE BLÈME ?
C'EST MON GAMIN QUE T'AS PÉCHU ? C'EST QUOI TON BIZ ?
...
MA MÈRE VOUS DEMANDE LA RAISON DE CE RENDEZ-VOUS IMPROVISÉ !
BEN, JE VOULAIS VOUS DEMANDER PAR EXEMPLE POURQUOI DAMIEN A CHANGÉ D'ÉCOLE EN COURS D'ANNÉE.
DANS L'AUTRE ÉCOLE, ON LE CALCULAIT CHANMÉ, C'EST POUR ÇA QU'ON A GERBÉ DE BAHUT. SA PROF, LA MYTHO DE SA RACE, ELLE DISAIT QU'IL ÉTAIT MÉGA RELOU ET QUI PIGEAIT QUEUDE À RIEN.
J'ÉTAIS DEVENU LA TÊTE DE TURC !
JE VOIS !
BEN OUAIP, ÇA M'A TROP VÉNÈRÉ, ALORS J'AI ACCOUCHÉ RAPIDOS !
VOUS AVEZ ACCOUCHÉ ?!?
NON ! ELLE A DÛ SE DÉPÊCHER SINON C'ÉTAIT TROP TARD POUR CHANGER D'ÉTABLISSEMENT.
ALORS, TU LE KIFFES MON NAIN ?
ELLE DEMANDE SI VOUS M'APPRÉCIEZ !
HA ? HEU... BIEN ENTENDU...
OUI...
HEU...
ELLE PARLE CHELOU, MAIS L'EST FRESH LA MEUF ! PAS UNE TASSPÉ !
CHUIS TROP LA BALLE QU'ELLE A DIT LA PROF !
85

SWYSEN-BLONDIEAU

LE SURDOUÉ

PIROUETTE CACAHUÈTE QUI VIVAIT DANS UNE MAISON TOUT EN CARTON
C'EST UN S.D.F ?
C'EST KWAA UN S.D.F ?
C'EST KWAA?
HEU... HUM... SON ESCALIER EST EN PAPIER
IL S'EST CASSÉ LE BOUT DU NEZ IL S'EST ...
C'EST TOTALEMENT IMPOSSIBLE AVEC LES NORMES ARCHITECTURALES D'AUJOURD'HUI D'AVOIR UN ESCALIER EN PAPIER CHEZ SOI !
C'EST KWAA NORMES ACHITATUTALES ?
DE PLUS, SI CET ÉNERGUMÈNE A QUAND MÊME RÉUSSI À SE FABRIQUER UN ESCALIER EN PAPIER ET QU'IL S'EST CASSÉ LE NEZ EN L'UTILISANT, IL S'EN TIRE À BON COMPTE MAIS N'A À S'EN PRENDRE QU'À LUI-MÊME !
C'EST KWA À BON COMPTE ?
ENURGEMÈNE, C'ESK KWAAA ?
... QUANT À LA POLICE D'ASSURANCE ...
JE VOULAIS SIMPLEMENT CHANTER UNE PETITE CHANSON !
DEMAIN, VOUS AVEZ PRÉVU UN CONTE DE FÉE ? ABORDEZ-LE DU POINT DE VUE DE BRUNO BETTELHEIM, CAR SI C'EST ENCORE POUR NOUS ABREUVER D'IDÉES TRAUMATISANTES COMME L'EXISTENCE DU PRINCE CHARMANT ET DE LA PRINCESSE PARFAITE ...
JE PRÉFÈRE ENCORE FAIRE DES COLORIAGES !
MAXIMILIEN PERTURBE LE BON FONCTIONNEMENT DE LA CLASSE ?!? ... POURTANT C'EST UN PETIT GARÇON ÉVEILLÉ !
86
SWYSEN-BLONDIEAU

## LA KERMESSE

JOLIE LA DÉCO DE TON GÂTEAU ! UN HÉRISSON ?
C'EST POUR MADAME LA DIRECTRICE !
EH BIEN, ILS VONT SE REGALER À L'ÉCOLE !
J'ESPÈRE BIEN ! C'EST POUR LA DIRECTRICE !
ELLE EN A DE LA CHANCE !
PAS TOUCHE ! C'EST POUR LA DIRECTRICE ! JE VEUX PAS QU'ELLE EN LOUPE UNE SEULE MIETTE !
!
DÉPÊCHE-TOI, ON VA ÊTRE EN RETARD À L'ÉCOLE !
C'EST BIEN LA PREMIÈRE FOIS QUE ÇA TE DÉRANGE !
IL A FAIT UN GÂTEAU POUR LA DIRECTRICE !
LA MIENNE A FAIT UNE GLACE !
C'EST BIZARRE, FINALEMENT LES ENFANTS L'AIMENT BIEN !
KERMESSE DE FIN D'ANNÉE
REGAREZ LA SUPRISE PAR LÀ !
TU VOIS QU'ILS T'AIMENT !
JE SUIS ÉMUE !
LÀ
BON APPÉTIT !
?
SPROTCH
VOUS SAVEZ, ELLE N'A PAS L'AIR COMME ÇA, MAIS AU FOND, C'EST UNE CRÈME.
87

SWYSEN-BLONDIEAU

## PHOTO DE CLASSE

# À découvrir aux éditions BAMBOO

12 tomes + 1 nº spécial

**Les Profs**
Scénario : Erroc
Dessins : Pica
TOME 12 OCT. 09

12 tomes + 1 bêtisier

**Les Gendarmes**
Scénario : Sulpice & Cazenove
Dessins : Jenfèvre
TOME 12 NOV. 09

9 tomes

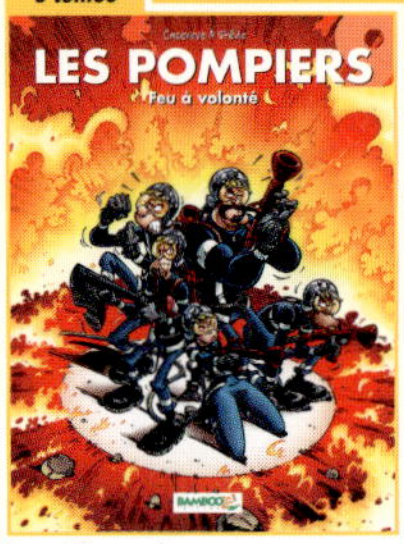

**Les Pompiers**
Scénario : Cazenove
Dessins : Stédo
TOME 9 OCT. 09

10 tomes

**Les Fonctionnaires**
Scénario : Béka
Dessins : Bloz
TOME 10 SEPT. 09

7 tomes

**Les Toubibs**
Scénario : Bélom & Gégé
Dessins : Sirvent

6 tomes

**Les Commerciaux**
Scénario : Plumeri & Boitelle
Dessins : Bloz

3 tomes

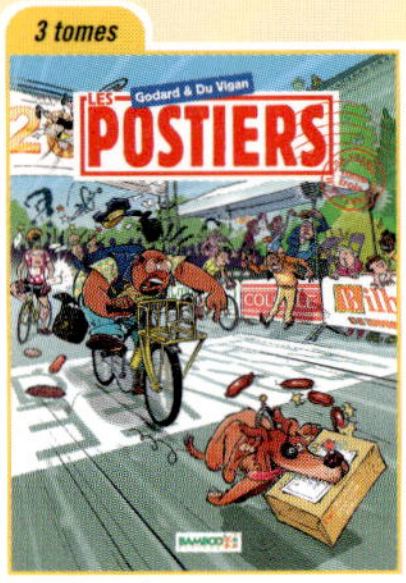

**Les Postiers**
Scénario : Godard
Dessins : Du Vigan

4 tomes

**Les Informaticiens**
Scénario : Reynès & Brrémaud
Dessins : Krings
TOME 4 OCT. 09

4 tomes

**Les Musicos**
Dessins & Scénario :
Janvier & Co

7 tomes

**L'Auto-école**
Scénario : Cazenove
Dessins : Amouriq

1 tome

**Livraison express**
Scénario : Janssens
Dessins : Krings

1 tome

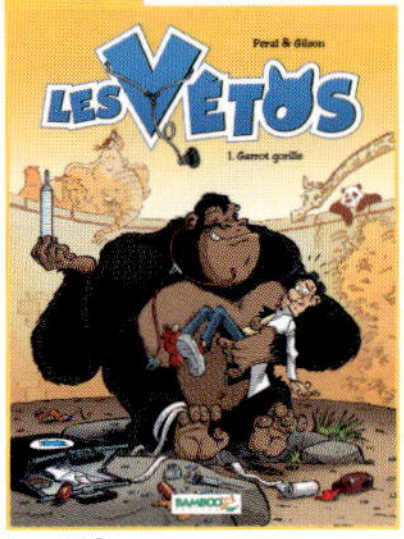

**Les Vétos**
Scénario : Gilson
Dessins : Peral

2 tomes

**Les Golfeurs**
Scénario : Filmore
Dessins : Sapin

7 tomes

**Les Footmaniacs**
Scénario : Béka
Dessins : Saive

5 tomes

**Les Vélomaniacs**
Scénario : Garréra
Dessins : Julié

8 tomes

**Les Rugbymen**
Scénario : Béka
Dessins : Poupard
TOME 8 JANV. 10

4 tomes

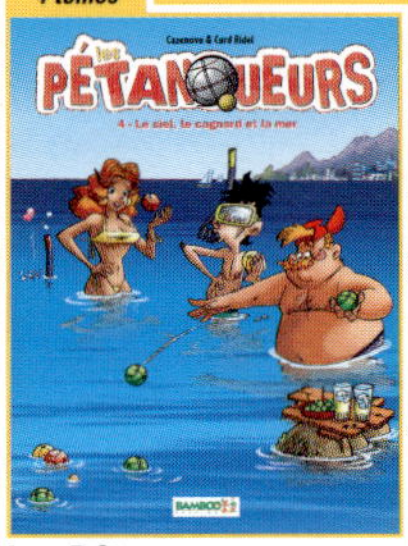

**Les Pétanqueurs**
Scénario : Cazenove
Dessins : Curd Ridel

6 tomes

**Basket Dunk**
Scénario : Cazenove & Plumeri
Dessins : Mauricet

3 tomes

**Studio danse**
Scénario : Béka
Dessins : Crip

4 tomes

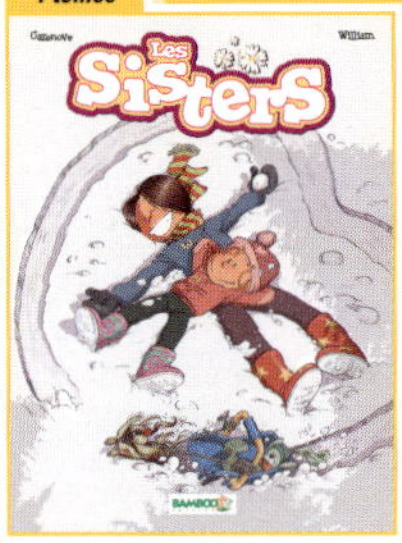

**Les Sisters**
Scénario : Cazenove
Dessins : William
TOME 4 NOV. 09

4 tomes

**Triple galop**
Scénario : du Peloux
Dessins : du Peloux

1 tome

**Si j'étais grande…**
**je serais maman**
Scénario et dessins : Curd Ridel

1 tome

**Agence Touristes**
Scénario : Sapin
Dessins : Delsaux

1 tome

**Les Citadines**
Scénario : Blondieau
Dessins : Rollin

1 tome

**Éden, le globe trotteur**
Scénario : Cazenove
Dessins : du Peloux
TOME 1 SEPT. 09

4 tomes

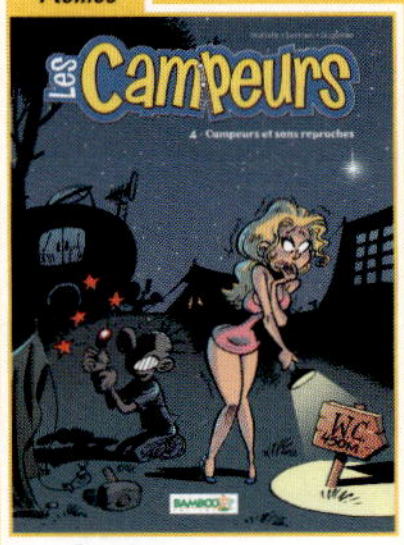

**Les Campeurs**
Scénario : Swinnen & Dugomier
Dessins : Maltaite

1 tome

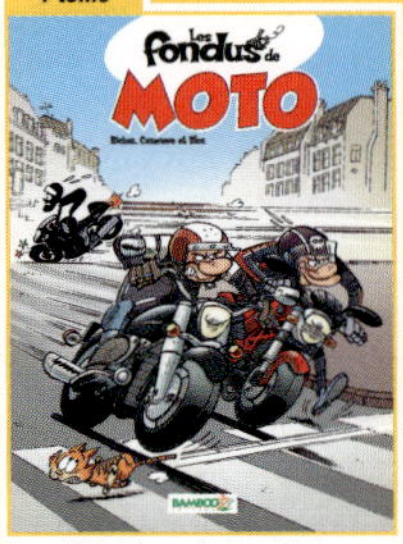

**Les Fondus de moto**
Scénario : Richez & Cazenove
Dessins : Bloz

7 tomes

**Les Damnés de la route**
Scénario : Lapuss'
Dessins : Achdé & Rodrigue

2 tomes

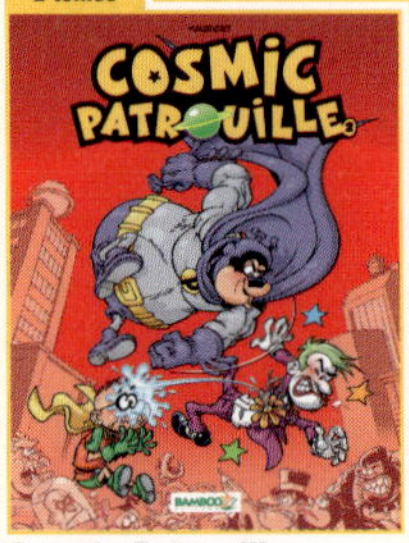

**Cosmic Patrouille**
Scénario : Mauricet
Dessins : Mauricet

2 tomes

**Toutou & cie**
Scénario : Brrémaud & Reynès
Dessins : Soffritti
TOME 2 SEPT. 09